SV

Wolfgang Hildesheimer
Nachlese

Suhrkamp

Zweite Auflage 1987

Druck: MZ Verlagsdruckerei, Memmingen
Printed in Germany

Nachlese

Vorwort

Die folgenden Miniaturtexte mögen formal Tagebuch-Eintragungen oder Aphorismen gleichen, sind aber keines von beiden, sondern Zettel aus meinem Zettelkasten oder, genauer, Karten aus der Kartothek, wie sie wohl jeder Schriftsteller führt, um sein Erinnerungsvermögen zu stützen oder Einfälle zu speichern oder ihm Zugetragenes einzuordnen. So bezieht sich denn auch der überwiegende Teil dieser Notate auf die seinerzeit »unter der Feder« befindliche Arbeit oder ist sogar ein minimaler Baustein seines Konzeptes, sprachlich natürlich in einer Vorfassung, denn im Falle wörtlicher Übernahmen, sofern das überhaupt vorkam, habe ich die entsprechenden Zettel vernichtet. Oft war die hier erscheinende spontane, daher natürlich nicht ausreichend reflektierte Vorfassung wortreicher, ballasthaltiger, als sie dann im Kontext erschien.
Zwischen diesen Entwürfen stehen fremde Aussprüche und Zitate, die mir als Maximen oder Vorsätze oder zur Unterstützung eigener

Sichten und Ansichten oder als Hinweise auf mögliche Themen galten. Dazu Nonsens-Einfälle, die zu nichts als meinem Vergnügen führen sollten: Wortspiele im wahren Sinne des Wortes und des Spieles. Es hat mir immer Spaß gemacht, Sinn-Assoziationen aus Zufällen oder aus konstruierten oder scheinbaren Zufällen herzustellen.

Natürlich wuchs der Zettelkasten immer den kreativen Höhepunkten entgegen, um nach der Endphase der jeweiligen Arbeit abzunehmen, leer aber wurde er allem Anschein nach nicht. Karten verschiedener Inhalte blieben für das nächste oder übernächste Buch übrig, oder eben auch für immer. Es staute sich sozusagen ein Bodenrest des niemals Verwendeten und damit des zunehmend Unverwendbaren. Der Kasten war wie eine tiefe Schublade, die man, aus Angst, sie könne fallen, so weit öffnet, daß sie den hintersten Teil nicht freigibt.

Als ich 1984 aufhörte zu schreiben, fand ich die Zettel vor, die hier versammelt sind, außer einigen, die nicht mehr recht verständlich, wenn nicht ganz und gar sinnlos geworden waren; in der Tat, bei manchen hätte ich gern

gewußt, was ich damals gemeint haben könnte.
Aus solchen Notizen besteht diese Sammlung etwa zur Hälfte. Nach dem Ende des Schreibens begann ich aufzuräumen – bis jetzt (April 1986) bin ich noch nicht fertig – und fand dabei vier jener winzigen Spiralblöcke, die ich beinah immer bei mir hatte. Ich muß mindestens zwanzig gehabt haben, und wie alle waren auch diese vier nicht etwa voller Notizen, sondern beinah leer. Ich benützte nur jeweils fünf bis zehn Seiten, um die Blöcke dann abzulegen oder zu verlegen oder zu verlieren. Was ich darin an Aufzeichnungen fand, ist hier enthalten. Dazu kamen zwei Kassetten von Sprechgeräten, wie ich sie entweder auf Spaziergängen gebrauchte, die der Konzentration auf mein Thema galten, oder zu nächtlichen Memoranden, wenn der Griff nach einem Schreibgerät zuviel Aktion erfordert hätte.
Die Periode der Notate erstreckt sich über etwa zwanzig Jahre, von 1964 bis 1984. Eine genaue zeitliche Bestimmung war angesichts der thematischen Disparatheit nicht mehr möglich und auch nicht wichtig, aber die ungefähre Zeit

ließ sich anhand der »Stoffproben« rekonstruieren. So habe ich die Texte in drei Zeiteinheiten eingeteilt: 1964-1973 (bis Masante), 1974-1981 (bis Marbot), 1982-1984 (bis Mitteilungen an Max). Manche Aufzeichnungen habe ich zwei oder sogar dreimal gemacht, und oft gleichen sie sich bis in den Wortlaut; ein Beweis, daß sich ein thematischer Gedanke sofort in seinem sprachlichen Gewand offenbart. Dort aber, wo das nicht der Fall war, habe ich die bessere und einleuchtendere Fassung gewählt. Rhythmus oder Euphonie sind keine Elemente eines Zettelkastens, d.h. vielleicht sind sie es bei Lyrikern.
Die Grenze zwischen Ernst und Unernst sollte für den Leser überall leicht feststellbar sein. Daß die beiden Haltungen einander bedingen und sich notwendig, wenn auch unregelmäßig, abwechseln, ist für mich von jeher eine Selbstverständlichkeit gewesen, sie liegen bei mir bis zur Umarmung nah beieinander, und oft – aber das weiß wohl jeder Schriftsteller – wählt der Todernst lieber das Sprachkleid des Komischen als des Tragischen oder gar Herzzerreißenden, das ihm vom Sinn her adäquater wäre. Zu bes-

serem Verständnis habe ich hier und dort Syntax und Satzzeichen korrigiert, und für Initialen habe ich die Namen gesetzt. Zwar wird aus dem Kontext ersichtlich, ob es sich um Masante, Mozart oder Marbot handelt, aber ich darf nicht ausschließen, daß der potentielle Leser weder vom Ersten noch vom Letzten gehört hat. Die Folgerung, daß er in einem solchen Fall dieses Buch nicht zur Hand nimmt, bietet sich an, aber dieses Angebot schlage ich in den Wind.

1964-1973

Hinkmar der zweite hat bekanntlich die pseudo-isidorischen Dekretalen zurückgewiesen. Sonst sähe die Welt vielleicht heute anders aus. Er starb übrigens an einer schweren Inbrunst, das war während der Epidemie im Jahre 1001.

Pansuun, mein Uuland, mein Zustand, nachts
meldet das Kraa a-Moll. Dann darbt
tief unten der Guricht. Und alles vergeht,
ausser dem Amen in der Kiste der Parzen
und der Palimpseste.

Ein schmalkaldener Mohrenkopf ist nichts besseres als ein Kanarienvogel, ein afghanisches Windspiel ist auch nur ein Hund.

Die Toten haben den Lebenden eine wesentliche Erfahrung voraus. Ein törichter Lebender mag sehr wohl durch den Tod weise geworden sein, beweisen läßt es sich allerdings nicht. Aber Kinder sind im Tode Erwachsene geworden und könnten uns aus ihrer Erfahrung manches berichten.

Wer sich nach dem Tod sehnt, tut es wohl deshalb, weil er den schmerzhaften und darüber hinaus entsetzlich peinlichen Akt des Sterbens möglichst bald und schnell hinter sich bringen möchte. – Übrigens ist Todessehnsucht nicht zuletzt eine ästhetische Empfindung, ein Wunsch nach tristanischer Schönheit bis zuletzt und darüber hinaus.

»Let's go through certain half-deserted Streets …« Erinnerung an nächtliche Durchquerungen der Außenbezirke von London mit Anthony, entlang der Häuserreihen mit Freitreppen und leeren Milchflaschen. Dazwischen lange Bretterwände mit Riesenplakaten – GUINESS IS GOOD FOR YOU oder BOVRIL oder BEEFEX oder OXO. Zugige Überführungen, und natürlich, als tönender Topos der Pfiff einer fernen Lokomotive, sonst nur die Schritte auf dem Pflaster, der Weg zu einem Coffee-stall, davor ein paar Nachtschwärmer und- schwärmerinnen in leicht derangierten Smokings und Abendkleidern, sonst Nachtarbeiter, Taxichauffeure. Meat pies, die ich heute nicht mehr anrühren würde, a cup of tea oder Bovril. Empfinde ich diese Periode als glücklich? Ja, überaus. Empfand ich sie damals als glücklich? Nein, alles andere.

Kommt der letzte Schrei – le dernier cri – *vor* oder *nach* den letzten Dingen?

FRIEDHOF in LANDECK Ferdinand Prechtl, k.u. k. Oberrevident. Johann Kupfner, lediger Käser – armer Kerl, bleich und dürr, abgezehrt durch Magermilch, streicht er mit seinen knochigen weißen und blonden Händen über Ferment und Lab, kostet von Quark und Molke und säuert sich schließlich selbst ein, findet auch keine, die ihn auf dem Leib haben will, und so stirbt er früh und unbetrauert, letztlich natürlich widerlich, als lediger Käser, Friede seiner Asche, sofern eine solch halbe Portion Asche ergibt.

Man darf das METAPHYSISCHE nicht einfach der Schulphilosophie überlassen, die Ästhetik hat ein mindestens ebenso großes Gewohnheitsrecht darauf. Was ist metaphysisch in der Literatur? Ist es einfach das extreme Angebot der Schilderung eines Vorgangs bis weit jenseits der Wirklichkeit? Die Schilderung eines aus dem Leben gegriffenen Vollzugs, aber intensiver, deutlicher, wahrer und wirklicher und gleichzeitig scheinbar unwirklicher als das Leben? »Wuthering Heights«, »Nightwood«, »Finnegans Wake« – Die Teufelserscheinung im »Doktor Faustus« –

Ohne Zweifel war Augustinus ein gewaltiger Redner, genus sublime, allein schon seine Verwendung des Plusquamperfekts ist ehrfurchtgebietend und wäre einer besseren Sache würdig. Diese büßerische Wonne. Nietzsche nennt ihn einen »unsauberen Gesellen«. Wenn Gott der Gott meiner katholischen Freunde ist, so hat er diesen Kerl nicht ausstehen können.

Die Perkussionsfallibilität eines mittelpotenzierten Identitätsmoderators gleicht etwa der meridional-sanktionären Immobilitätsgratifikation eines Mehlwurms. Q. E. D.

Manchmal werden Geschehnisse der Vergangenheit auf eindringliche, ja, metaphysische Weise plötzlich präsent und verschwinden wie abgeschnitten. Ganze Perioden meiner Erfahrung liegen kondensiert, gewissermaßen gebündelt vor mir, so daß ich sie jeweils als ein Ganzes abrufen kann, wobei Anfang und Ende gleich weit von mir entfernt sind. – Auf diese Weise zieht sich eine Spanne von Jahren zu einem Augenblick intensiven Erlebens zusammen, und im nächsten Augenblick ist sie verschwunden und hinterläßt nichts, noch nicht einmal ein Loch, es ist wieder Donnerstag.

Bücher, wie sie beim Aufräumen einer Bibliothek übrig bleiben:
Findelsen, Bickle und Möhricht: Grundlagen der Sportmedizin

Luffersen und Harwig: Die männliche Keimdrüse und ihre Funktion
Kleine Düngerfibel
Rainer Vogel: Freude an Zwergkaninchen
Enzyklopädie der weiblichen Handarbeiten
Pönsgen-Pscherer: Aufriss der Sozialhygiene Band 2
René Müller-Beils, Sigrid Bunsen (Fotos): Heiteres Pakistan
Adolph Kleinmann: Tausend Jahre Käse
Sebastian Moll: Kleine Bettlektüre für Zwillinge

Ein Mann sitzt auf der Bühne, beinah zwei Akte lang. Alle sprechen ihn an, aber er antwortet nicht, erscheint sehr schweigsam. Erst am Ende des Stückes stellt sich heraus, daß er tot ist. – Oder Einer sitzt auf der Bühne und beobachtet das Geschehen. Keiner weiß, welche Rolle er eigentlich spielt. Gegen Ende des Stückes steht er gähnend auf, reckt sich und geht ab, unkommentiert.

Von Kremsmünster nach Gremsmühlen, Bruck an der Mur, Straßburg auf der Schanz, Vöcklabruck, ich muß Mürzzuschlag bezahlen. Manche nennen es Olmütz, ich sage Budweis. Gebildete sagen nicht Wanne-Eickel sondern Castrop-Rauxel, ich kann Gelsenkirchen und Recklinghausen nicht auseinanderhalten. Schweizer Orte: Rotzloch, Vuorz, Niederbipp, Vaz und Untervaz, Hunzenschwil. Andrerseits: Winterthur, Solothurn, Ilanz, Malans, Versam, Valendas.
Und Greifswald und Stralsund, Tynset, von Röros nach Rhodos.

Wilhelm Furtwängler: »Musik ist nichts Ausgedachtes, nichts Konstruiertes, sondern etwas Gewachsenes, gleichsam unmittelbar aus den ›Händen der Natur‹ Hervorgegangenes. Darin ist sie den Frauen nah.« Mit diesem wahrhaft widerwärtigen Unfug war es ihm tief ernst. »Was ist wahre Kunst? Die Fähigkeit, nicht künstlich sein zu müssen.« Furtwängler meinte, am Deutschen Wesen müsse die Welt genesen. Darin hat er sich bekanntlich getäuscht.

Konversationsstoffe:
Raten Sie, was ich alles letzthin nicht gelesen habe!
Er langweilte mich so, daß ich ihn bat, mir den Zweck eines Schwanes zu erklären.
Wie stehen Sie zu Bindfäden?
Würden Sie gern meine Füße sehen? Vor allem den Linken?
Wann ist eigentlich wieder Aschermittwoch?
Haben Sie heute mittag am Bach die elf Kardinäle gesehen, mit ihren Zelluloid-Entchen?
Was finden Sie besser: Kultur oder Zivilisation?

»Sperren Sie hundert Beamte in ein Verwaltungsgebäude ein, und in einem halben Jahr werden sie untereinander so beschäftigt sein, daß sie keinen Kontakt mit der Öffentlichkeit mehr brauchen.«

(Karl Baurichter,
Düsseldorfer Regierungspräsident)

Wer von nichts eine Ahnung hat als von Literatur hat von nichts eine Ahnung.

Zum Beispiel mein Onkel Berthold, der sich zu Tode gelangweilt hat. Ich denke, er wollte seiner Familie und seinen Freunden und seinen Feinden beweisen, daß es möglich sei, und bedachte nicht, daß niemand diese Möglichkeit jemals angezweifelt hatte. Es kostete ihn weniger Antrengung als einen Hungerkünstler das Hungern, aber es kostete natürlich Zeit. Die hatte er. Gegen Ende seines Lebens war sein Tag ein einziges abgewandtes Gähnen, er hatte kaum Zeit, den Mund zu schließen, ein zunehmender Muskelverschleiß, zumindest schien es mir so. Eine Anstrengung, die sich eigentlich nur lohnt, wenn der Beweis die Welt bewegt, und das tat er natürlich nicht. Mein Onkel Berthold gehörte eben zu den Vielen, die Symptome mit Offenbarungen verwechseln. Dennoch, die Wirkung war ansteckend, unwillkürlich mußte man mit ihm gähnen. Zu Worten kam es kaum noch. Er horchte viel, er behauptete sogar, das Gras wachsen zu hören, es sei ein unerträgliches

Geräusch, wie das Kratzen einer Violine mit vier Metallsaiten, gespielt von einem Tauben. Ich glaubte ihm das nicht, – aber ich selbst hörte den Schnee fallen, ein gutes Geräusch, fördert Vergessen.

Mario C.s Vater soll sehr reich und sehr geizig gewesen sein. Als seine Frau ihm eines Abends mitteilte – es war um die Jahrhundertwende –, daß die Milch um einen centime teurer würde, traf ihn der Schlag, er fiel um und war tot.

»So viel berauschende Vergänglichkeit« (Elisabeth Langgässer). Sehr gut gesagt!

Wenn ich bedenke, daß mich dieser Pulsschlag wahrscheinlich schon Monate bevor ich ans Tageslicht gezerrt wurde, in Bewegung gesetzt hat und seitdem dauernd tickend seit weit über 50 Jahren die Funktion dieses Miniaturpumpwerkes, das mein Herz ist, nach außen übermittelt und dessen Stillstand ich in jedem Augenblick zu erwarten habe, dann ist mir, als verschlage es meinem Körper genau jenen Atem, den er ihm jede geschlagene Sekunde liefert, und zwar mit einer Regelmäßigkeit, die einer größeren Sache würdig wäre, als ich es bin.

In Flandern reitet der Tod.– Dieses Allerheiligenallerseelenwetter in Gent oder Brügge empfiehlt sich der Seele für große und kleine Krisen, diese weihrauchige Grabesfeuchte überall, dieser Dunst aus den Kirchenschiffen, den Grüften, den Krypten, diese tiefe, triefende frühromanische Fäulnis, November außen und innen, diese Totensonntage, im Beisein der Verblichenen und der Erblasser ...

Die Hölle stelle ich mir vor wie die Tulpenfelder Hollands, Hillegom oder wie es heißt. Soweit das Auge reicht nichts als Tulpen oder Begonien oder Mignon-Dahlien oder Luxusgladiolen, unter denen die Erde jammert, weil sie nach anderem lechzt, nach Spargeln zum Beispiel, meinetwegen auch nach Spinat, ...

Herr Enderli war ein Buchbinder aus Leidenschaft und Berufung. Er hat mir einmal seine Bibliothek gezeigt. Sie war voller selbstgemachter Schätze, Bände aus handgeschöpften Papieren, Pergamente, geschaffen für Apokryphes und Palimpseste, zartfarbene Vorsatzpapiere und Seiden in allen Mustern. Bände eigentümlichster Formen, jedes Blatt mit einem anderen Wasserzeichen, ovales, sechseckiges, mit gestanztem Goldschnitt und erhabener Prägung. Werke eines erfüllten Lebens, und die Seiten alle leer. In seiner gesamten Bibliothek stand kein einziges Wort.

»Denn aus Gemeinem ist der Mensch gemacht,
Und die Gewohnheit nennt er seine Amme!«
Das Erste ist richtig, das Zweite verstehe ich nicht, jedenfalls trifft es für mich nicht zu.
»Dem bösen Geist gehört die Welt,
Nicht dem guten ...«
Richtig. Ich wüßte gern, bis zu welchem Grad Schiller sich mit seinem Wallenstein identifiziert hat. Denn in diesen Aussagen scheint mir

keine Distanzierung zu liegen, im Gegenteil: Identifikation.

Das Bett, das ich damals bei der Times Furnishing Company auf Abzahlung kaufte. Als ich zu zahlen aufhörte, holte man das Bett ab. Vielleicht hatte in ihm auch schon vorher ein Zahlungsunfähiger gelegen? – – Frau Berkhan starb auf der Überfahrt nach Australien. Seemannsgrab. Als die Verwandten mit dem Sarg aufs Schiff kamen, war keine Tote mehr da. Einer der seltenen Fälle, da man einen Sarg aus zweiter Hand kaufen konnte.

Zwei Uhr, die Seele auf ihrer nächtlichen Wanderschaft, sie ruht. Ein traumloser Augenblick. Die Schlafwissenschaftler nennen es Stufe vier der Schlaftiefe, das Stadium, in dem die Hirnstromkurve eine Schlafspindel bilde, – ich denke gern an diese Spindel, und wie sie sich maßlos dreht.

Herr von Severn geht jetzt durch sein Haus – es geht gegen zwei –, öffnet Schränke, streicht mit der Hand über die Kleider seiner verstorbenen Frau, holt eine Flasche Burgunder, schenkt zwei Gläser voll und trinkt mit dem Geist seiner Frau, die ihn zu Lebzeiten jeden Winter mit einem anderen Skilehrer betrog, freilich einmal auch mit einem, mit dem *er sie* zuvor betrogen hatte.

1974-1981

Papst Johannes der Dreiundzwanzigste behauptete nicht, unfehlbar zu sein. Unfehlbar sei ein Papst überhaupt nur, wenn er ex cathedra spreche. Er aber, Johannes, spreche niemals ex cathedra. Wahrscheinlich wußte er genau, daß andere Päpste auch auf der cathedra nicht unfehlbar gewesen waren. Dennoch, auf einer anderen Ebene rechnete er mit seiner Unfehlbarkeit: er vertraute auf die göttliche Eingebung und handelte mit größter Sicherheit. Sicherheit war eine der Eigenschaften, die ihn geprägt haben, die schlafwandlerische Sicherheit des Einfältigen und dabei des Großen.

Was mich beunruhigt, ist, daß ich mich in der Rezeption visuellen Kitsches offensichtlich nicht von anderen zu unterscheiden scheine. Auch auf mich wirkt der Öldruck einer Winterlandschaft mit verschneitem Bach oder von Schwänen in einem »totgesagten« Parkteich oder von leeren Booten am Flußufer im Nebel stark nostalgiefördernd. Vielleicht ist meine rezeptive Trivialitätsskala etwas kürzer, denn beim röhrenden Hirsch am Waldrand mache ich nicht mehr mit, auch nicht bei der Tellskapelle.

Der Glimpf und der Unglimpf – eine Art Waldschrat, Unhold, mit einem Irrlicht am Schwanz, und mit einem Lachen, das ein Echo wirft. – Die Lehre des alten Nasi Goreng beherzigen, – aber wie beherzigt man, ohne aufzufallen? »Tod und Verklärung«, »Tod und Erkältung«, symphonische Dichtung, »Tod und Erkältung war sein Lohn«, – »Ein Kellnerleben«, symphonische Dichtung.

»Ich habe Schlaf« – Schlaf haben, – sich in jemanden vergaffen – »Geistliche Nachtmusik« (Geistliche Machtmusik) »Lodronsche Nachtmusik« – Er rührt die Trommel, er rührt mein Herz, er rührt den Brei, er rührt das Rührei.

Salvuccis chaotisches Arbeitszimmer in der Universität Urbino. Auf allen Waagerechten Bücher, Hefte, einzelne Seiten, ganze Jahrgänge von Zeitschriften, darüber gestreut Manuskripte, Dissertationen, über den gesamten Raum verteilt. Nehmen wir an, es trifft ihn der Schlag, sein Nachfolger versucht, Ordnung zu schaffen, aber es gelingt ihm nicht, im Gegenteil, allmählich nimmt er das Verhalten Salvuccis an, über dessen chaotischer Szenerie sich nun eine weitere Schicht ausbreitet. Vielleicht war Salvuccis Schicht auch nicht die erste?

Es wäre ja schließlich denkbar gewesen, daß auch nur ein einziger, Fürst, Graf, Baron oder Edelmann – nicht zu reden von einem gekrönten Haupt – Mozarts absolute (absolute!) Größe erkannt und ihm auch nur ein kleines Stück Weg eröffnet oder ihn bei sich aufgenommen oder ihm einen Wintermantel geschenkt hätte. Darin ist sein Mißgeschick beispiellos. War er so fremd, oder so abschreckend, oder so abstoßend?

Ein Land erfinden, gebirgig, schluchten- und flußreich, mit steinigen Pfaden, Hängebrücken,

Lehmhütten, in denen primitive Bewohner hausen, die sich mit nur dort heimischen zebraartigen Vierbeinern kreuzen. Hierüber ein sachlicher Forschungsbericht, trocken, aber luzid, anschaulich, natürlich streng wissenschaftlich, Versuch einer anthropologischen Interpretation.

Die rothaarige Gabrielle, in die Anthony verliebt war. Ich bin nicht sicher, ob sie wirklich so hieß. Anthony war glücklos, wie er es selten war. Sie hat einen Architekten namens John Madge geheiratet, den Bruder des inzwischen wohl vergessenen Lyrikers Charles Magde. Sie ist inzwischen beinah siebzig. Leute, die ich nicht mehr gesehen habe, seit sie zwanzig waren, kann ich mir alt nicht vorstellen, versuche es auch ungern.
But thy eternal summer shall not fade
Nor loose possession of that fair thou owest ...

Wir müssen uns bei diesen Biographien doch immer fragen: wer ist er denn, der uns diese oder jene Gestalt der Geschichte nahezubringen sucht? Und: hätte diese Gestalt *ihn* – also den Biographen – aus allen ausgesucht? Der rührende Lord Cecil hat in seiner Biographie Jane Austens auf das Aquarellportrait, das ihre Schwester von ihr gemacht hat, verzichtet, weil Jane darauf so häßlich ist. Passive Manipulation aus Liebe.

Beim Schreiben einer Biographie sollte man sich dies merken: das Unwahrscheinliche wird nicht dadurch wahrscheinlicher, daß es wahr ist!

Günter Eich: »Schriftsteller sein, heißt die Welt als Sprache sehen.« Das würde er heute nicht mehr sagen. Heute würde die Welt ihm die Sprache verschlagen, daher wäre er auch kein Schriftsteller mehr. Die Welt hat sich von der Sprache weltweit entfernt. Und was ihre Beherrscher sagen, hat mit Sprache nichts zu tun, ist eine kontrapunktische Parodie und als solche ein perfider Angriff auf die Sprache.

Delacroix: »Music is so transient a pleasure, one feels it escaping even while experiencing it, and to such a degree that a melancholy impression mingles with the gaiety it creates. But also when it expresses sorrow it still evokes a tender emotion, and the Heart's beat quickens to it. The pleasure caused by the regularity of the measure, in reminding us that our span is ...« Den Rest finde ich nicht. Notiert in der British Library 11. Oktober 1980. Wie geistvoll und klug Delacroix doch war. Wozu mußte er ausgerechnet malen!

Laut Bündner Zeitung sind gestorben:
Gianin Rähs-Giovanoli
Georgina Brazerol-Perathoner
Plazi Valentin Coray-Damin
Johann Bonifazi Wiprächtiger
Pankraz Caprez-Caprez
Friede sei mit ihnen.

»Die größte Gefahr sind heute Leute, die nicht wahrhaben wollen, daß das jetzt anhebende Zeitalter sich grundsätzlich von der Vergangenheit unterscheidet!« Max Planck 1947

Alles wahre Erleben hat ein genau kontrapunktisches Verhältnis zum Tod. Ohne dieses wäre jede Erfahrung und jedes Erlebnis wertlos. Nichts im Leben wäre schön oder wichtig gewesen, nichts wesentlich, wenn es den Tod nicht gäbe. Erst wenn man ihn vor Augen hat, wird das Leben lebenswert.

Laut Bündner Zeitung gestorben:
Luzi Flütsch-Flütsch
Außerdem ein Nachruf auf die jüngst verstorbene Ida Witschi-Bratschi (1904-1979).

Unbeirrbarkeit ist ein untrügliches Merkmal des nicht verbalen Genies. Besessenheit, Vernachlässigung aller menschlicher Kontakte, autistisches Verhalten, das Diktat der sich verselbständigenden Arbeit über den bewußten Willen hinaus. Turner, Picasso, Janssen, und allen voran natürlich Mozart. (Horst Janssen: »Die Leute können sich nicht vorstellen, daß ich *immer* zeichne«) Ihren Mitmenschen nur scheinbar zugetan, in Wirklichkeit dem Leben entfremdet, sehen sie alles in subjektivster Verzerrung, sich selbst sehen sie nicht.

Ich erwarte die Inszenierung eines Stückes, in dem alle, vom Aufgang des Vorhangs an, nackt sind. Besser noch eine Oper, vielleicht die MEISTERSINGER. Auf der Westwiese alle Zünfte mit Flaggen, Standarten und Wimpeln, nackt. Noch besser Pfitzners PALESTRINA. Der Vorhang hebt sich über dem Kardinalskonzil, und alle stehen sie da, nackt, mit Mitra und Hut.

Ich erwarte die Erfindung eines perkutanen Aphrodisiakum als Zäpfchen, und dazu einen im süßen Bereich gepufferten Stoff, am besten als Spray, und einen Blutdruckmesser, der Musik macht.

Leb wohl, Saturn, alter Gefährte
der Nacht, um deinen Ring
betrogen. Wir trennen uns hier. Andere
Saiten ziehe ich auf, es winkt schon
Frau Lunas Kneipe. Bald werde ich
sternhagelvoll sein, wie
der Himmel.

Die Sprache der Katholischen Religion und ihrer Theologie ist eine Sprache sui generis, mit ihrer eigenen Grammatik, ihrer eigenen elastischen Struktur, ihrer eigenen Wortbildung, die sich dauernd selbst modifiziert, sie nimmt sich selbst zurück und schleicht sich wieder von der Seite ein, um scheinbar um ihre eigene Apologetik zu kämpfen. So ist zum Beispiel das Wort »Glaubenswahrheit« ein Wort, das seine eigene Entschuldigung in sich trägt, und der These, daß es nur *eine* Wahrheit gibt, Hohn spricht.
Theologie findet ja *neben* dem Leben statt, Entdeckungen kann es in ihr nicht geben, nur als Entdeckungen getarnte Erfindungen, und zwar meist, wörtlich, ex tempore. Sie findet nicht *im*

Leben statt, sie ist keine Wissenschaft, noch nicht einmal eine Empirie. Allmählich natürlich wird sie mit dem Leben nicht mehr fertig, – das ist das einzige, was ich mit ihr gemeinsam habe.

»Die Träne quillt, die Erde hat mich wieder.« Ein eitler Selbstkommentar. Faust spürt es naß die Wange herablaufen und benutzt diese Feststellung, um seine globale Bedeutung hervorzuheben, hier beginnt er, sich als Archetyp zu sehen.

»Und ein erstaunt, ein fragend Lächeln quillt
Aus meinem Mund, daß mich kein Traum betrüge.«

Auch hier habe ich den Eindruck, Mörike sähe sich im Spiegel und analysiere seinen Gesichtsausdruck. Und das inmitten dieser rhapsodischen Suada. Ich mag auch dieses »Quellen« nicht. Dennoch ein herrliches Gedicht.

Kategorische Imperative: Grüß Gott!
Tu nicht gut!
Heil Hitler!
Scheiße mit Reis!

Wo denkst du hin? – Eine schöne Formulierung: irgend wohin denken, die Gedanken bekommen eine Ortsdimension, sie fliegen und lassen sich im Unermeßlichen nieder.

»Dein und mein Alter und das Alter der Welt
mißt man nicht mit den Jahren.«
(Ingeborg Bachmann)
»Da ward mir das Alter der Welt bekannt,
Es ist nicht nach Jahren zu schätzen.«
(Georg von der Vring)
Günter Eich meinte, Inge habe bei von der Vring geklaut. Wenn es wirklich so etwas wie geistiges Eigentum gibt, hatte er wohl recht.

Walter Levins Mutter, die an musikalischen Wahnvorstellungen litt. Noch auf dem Sterbebett meinte sie, den Flötisten aus dem gegenüberliegenden Haus in Dahlem zu hören. Er spielte »Syrinx« von Debussy.

Über das Leben des Giotto di Bondone – so etwa Marbot – wissen wir nichts außer ein paar Jahreszahlen. Vasari, dieser beflissene Legendengründer, erzählt, daß Giotto sich als Knabe beim Schafehüten damit vergnügt habe, seine Tiere auf Stein oder Erde oder in den Sand zu zeichnen. Da sei eines Tages Cimabue, der sich wegen einer Erledigung auf dem Weg von Vespignano nach Florenz befand, voller Bewunderung bei ihm stehengeblieben und habe den Jungen gefragt, ob er sein Schüler werden wolle. – – Das Tierehüten ist ein Motiv, das anscheinend seit dem Altertum nichts von seinem sagenbildenden Reiz eingebüßt hat. Ich denke – so Marbot – es soll den tiefen Stand der Geistesbildung des zukünftigen Genius symbolisieren, – vielleicht das, was Goethe den »Naturzustand« nennt – aus dem der Wille Gottes oder der Götter das Individuum erhob, indem er ihm einen begnadeten Agenten schickte, der ihn aus dem bloßen Menschsein erlösen sollte.

»Man trug hinweg das Fettgewicht.
Tot oder trunken, weiß man nicht.«
Wahrscheinlich beides.

Die Flinte im Korn,
im Beutel das Geld,
Der Hase im Pfeffer,
gefällt mir die Welt.
(Lynkeus der Türmer, 1507-1587)

Es gibt leider keine Türmer mehr – ein Buch über ausgestorbene Berufe? Der letzte Hofnarr starb 1763, der letzte Kastrat wohl erst Anfang des neunzehnten Jahrhunderts. Wann aber mag der letzte Vorschmecker gestorben sein, und woran?

Manchmal, allerdings immer seltener, habe ich das Gefühl, daß ich mich einer überdimensionalen Wahrheit nähere, die alle existierenden Teilwahrheiten in Frage stellt, und die mir die wirklichen Dimensionen unseres Lebens enthüllt und mich zu einem Auserwählten macht.

Aber dieses Gefühl verflüchtigt sich, bevor es über mich käme, es hebt sich sozusagen hinweg. Es ist, wie wenn man spürt, daß man bald niesen muß, aber der Reiz vergeht, bevor es zu dieser lokalen Katharsis kommt, was ich übrigens immer bedauere. Ich niese ganz gern.

Leibniz' Ausspruch im Original: »Musica est exercitium arithmetica occultum nescientis se numerare animi. Multa enim facit in perceptionibus confusis seu insensibilibus, quae distincta apperceptione notare nequit.«

Regio Sacralis geht über in die regio analis. Eigentlich müßte dazwischen die regio terrestra liegen, Bauch und Rücken.

Diese Spanierin, deren Namen ich vergessen habe, erzählte: »... then Keith (Scott-Watson) took me into his cabin and said he would treat me like his sister. An hour later, when we were at sea, he came in and fucked me.« Ich sagte:

»Perhaps this is the way he treats his sister.« – Eine Inzestgeschichte – wie wäre das!

In den frühen Morgenstunden schien mein Zuckerspiegel auf dem Tiefpunkt zu sein. Dann hätte ich Buttercremetorten verschlingen können, die ich natürlich tagsüber nicht anrührte. Selbstverständlich war derartiges nicht im Haus, ich hielt mich an Marmeladen, Büchsenmandarinen und Honig, an dem ich manchmal beinah erstickte.

Früher legte ich Wert auf vier praktikable Knopflöcher an den Ärmeln meiner Jacken. Eine Allüre, gewiß, aber ich trieb sie nicht so weit wie Alfred N., der seine Knöpfe falsch knöpfte, so daß ein Loch freiblieb. Vortäuschung eines Zufalls, den ihm aber niemand abnahm, denn mit diesen Knöpfen manipulierte man ja nicht, man vergaß sie. Der alte Benaki, der beim Aufbau seines Museums in Athen aktiv mithalf, soll alle vier Knöpfe gelöst und seine Jackenärmel bis zum Ellbogen hochgekrempelt haben, womit er aber wohl weniger seinen Snobismus als seinen Aktivismus demonstrieren wollte. Gerhard W. drehte das Mundstück seiner Dunhillpfeife nach unten, so daß man den weißen Punkt nur dann sah, wenn er diese Pfeife in berechnetem Versehen verkehrt herum auf den Aschbecher legte.

Als wir bei Julians Schloß in Somerset vorfuhren, kam er aus dem Garten und sagte: »Entschuldigt, daß ich so schmutzig bin, aber ich habe nur noch einen einzigen Gärtner.«

Die Erektion eines Hengstes – wenn man einen Ackergaul so nennen kann – ist erstaunlich. In der Odenwaldschule kam ich einmal auf dieses Schauspiel zu, wir waren zu dritt. Lisi von Kapherr (wenn sie es war) strebte schnellstens vorbei, während Ursula Steinitz (sie war es) mit offenem Mund stehen blieb. Ich auch, aber nicht mit offenem Mund. Ulla sagte: »Und wenn das abbricht?«

Er sitzt in Tugendhaft – recht geschieht's ihm. – Eine alte Schelmenweise von Gedeih und Verderb, auf dem Wasser zu singen. Herrenreiter, eine lapidare Bezeichnung. Der Damenreiter läßt die Katz aus dem Sack.

»Ich will gar nichts mehr, ich will spielen.« Günter Eichs letzte Worte auf dem Sterbebett. *Sehr* verständlich!

Versuch, Depression zu beschreiben, beinah unmöglich. »Negatives Lebensgefühl« – zu schwach, nur ein Teil. Aber vage und summarisch. Ich bin »außer mir« oder »neben mir«, bekomme die Gedanken von mir selbst nicht mehr los. Sie haften wie Kletten an der Haut und unter der Haut, obgleich ich sie dauernd abzustreifen oder abzustoßen oder abzuschütteln versuche. Ich wünschte, sie würden das Weite suchen oder vielmehr hierbleiben, während *ich* das Weite suche, ach das Weite! Und wenn es mir gelingt, über einen Gegenstand zu sprechen, so höre ich mein Echo, wie es über

diesen Gegenstand spricht. Unmöglichkeit mich zu objektivieren. Daß die meisten das auch ohne Depression nicht können, ist kein Trost.
Agitierte Untröstlichkeit, das ist es.

Dennoch, verglichen mit Zbigniews Zustand erscheint meine Depression eine Euphorie. Er ist schlecht dran. Aber er kann arbeiten, ich nicht. Dafür kann ich schlafen, er nicht. Jemand, der beides nicht könnte, wäre noch schlechter dran als wir beide.

Als Kardinal F. ermordet wurde, hatte er gerade noch Zeit, seinem Mörder zu verzeihen, dann kratzte er ab. Sein beträchtliches Vermögen, das er aus Beteiligung an Waisenhäusern und Armenhäusern gewonnen hatte, fiel an seinen Neffen, der aber in Wirklichkeit sein Sohn war, Malteserritter, Kavalier vom heiligen Stuhl.

Aus dem finnischen Telefonbuch (Lahti, Oktober 1976)
Jäähdytyskoneasennuksia ja – Korjauksia
Kommandiittyyhtia Tekomaa Nauskank 3621
Jäähdyttäjäkorjaamo ja
Kalastustarviikelikkeita
Kaukokiito-Liikkennöitsijöita
Kello ja Kultatavarainliikkeita etc.

Übersetzungsmöglichkeiten:
Egli parla una lingua brasata = er spricht eine gedämpfte Sprache
Command performance = Zwangsvorstellung
Egg Stick = Eierstock (Rosenberg)
Don Giovanni = The reverend John (Christopher)
Il resto del Carlino = Karlchens Überbleibsel
Senso unico = Einmalige Sinnlichkeit

Mach deine Rechnung mit dem Himmel, Vogt!
Rich deine Machnung mit dem Vommel, Hegt!
Hoch deine Vichnung mit dem Memmel, Ragt!
Vech deine Hachnung mit dem Rommel, Higt!
Rech deine Hachnung mit dem Vimmel, Hogt!
ect.

Freudlos, lustlos, gedankenlos sein – Schmerzlos ist ein hartes Los, Gedankenlos ein subjektiv privilegiertes Los, Sprachlos ist das Schicksal der Dichter.

Marbot über Lord Byron: Ein klumpfüßiger Apollon, oder auch ein Adonis, nur der Fuß mißgestaltet, als Rache dafür, daß der Rest Schönheit ist. Sein Leben ist eine andauernde aktive Kompensation dieses Makels. Um ihn wettzumachen, meint er, mehr leisten zu müssen als andere. So vermittelt er hin und wieder den Eindruck, als sei es der Bocksfuß, der ihn daran hindere, in die Lüfte zu entschweben und uns Sterbliche unten zu lassen. Dennoch ist dieser Makel das Menschlichste an ihm, denn seine Schönheit ist böse (wicked) und bösartig (malicious).

Marbots Eintragung um 1819: Ein Mensch, der in der Lage ist, seine Gedanken zu ordnen, sollte spüren, wann seine Zeit ausgelaufen ist. Die Unwürdigkeit, über diesen Zeitpunkt hinauszuleben, wird ihm damit bestraft, daß er sich selbst mit jedem Tag unerträglicher wird. Und wer sich selbst nicht verträgt, wird auch von anderen nicht ertragen, was aber keineswegs zu bedeuten hätte, daß, wer sich selbst liebt, von anderen geliebt wird. Das wäre zu einfach. – Dennoch: Narziss wurde von eben jenen Nymphen zu Grabe getragen, denen er die Selbstliebe beigebracht hatte. Offensichtlich waren sie ihm dankbar.

Edmund Burke: »I call beauty a social quality.« You do, do you? I don't.

Die stille Übereinkunft der Vertreter aller Disziplinen der Künste, daß Goethe nicht nur in seiner Größe inkommensurabel, sondern auch in seinem Urteil unfehlbar gewesen sei. Daß er demnach in *allem* Recht gehabt, ja, den Ton angegeben habe, ist ein anscheinend unausrottbarer Irrtum, es ist nachweisbar falsch. Wäre das ein Essay? Nein. Zu »weitgefächert«, zu »interdisziplinär« –

Lügen haben kurze Beine
Hügen laben burze Keine
Bugen leiben harze Küne
Laben hügen keirze Bune
Lagen heiben bürze Kune
Beigen hüben burze Kane etc.

Hochschule für Leibesübungen. Ich stelle mir da etwas eher Unappetitliches vor. Eine Art

Darmkrankengymnastik. Wie geht der moderne Mensch zu Stuhle, und wie rationalisiert er seine Aktivität dabei?

Mild und leise treibe ich mein Unwesen vor mir her über weite Zwiespälte und triftige Gründe.

Marbot: Bei Giotto hätte unser Mr. Blake lernen können, wie sich himmlische Gestalten bewegen. Denn bei diesem Meister sehen wir Engel nicht als zu schlanker Masse erstarrte Ideen, sondern als Kinder aus Fleisch und Blut, mit Flügeln, die ihnen so natürlich wachsen wie den Vögeln, und mit denen sie sogar fliegen können. Selbst wenn die Trauer über die Kreuzigung Christi ihr Herz zu zerreißen scheint, schweben sie weinend, wenn nicht gar heulend und schreiend, dennoch in sublimer Anmut um das Kreuz. Mit Giotto werden wir wieder zu wundergläubigen Kindern und glauben keinem Erwachsenen, der da sagt, das gibt es nicht, sondern deuten auf Giotto und sagen: da ist es. (Not certain. Would M. have said that??)

Adressen: Am rothen Spletz 14 (siehe Tynset)
Auf der Hutschnur 12
Bodybuilding, Flat nr. 434
Bad Oheim, Auf der Klappe 12

Marbot über Symmetrie: »... da Schönheit keineswegs ausschließlich in der Vollkommenheit des Resultates liegt, sondern auch in der Arbeit daran, nicht also ausschließlich im Bestehenden, sondern auch im Werdenden und der sichtbaren Zeugenschaft an diesem Werdenden, so liegt sie auch in der Arbeit an der Überwindung des primär Gegebenen, des kreativen Veränderns. Also auch im Verlassen der Symmetrie und im Schaffen asymmetrischer Formen, deren Körper und Proportionen und Maße sich in eine neue und zwingende εντελεχεια fügen.

Carl von Rumohr (Schule der Höflichkeit, Seite 115) ... hingegen erklärte der berühmte Friedrich Wolf in einer akademischen Vorlesung, daß man aus Geschichte nichts anderes erlerne als eben Geschichte ...«

Im Drama sind die meisten Mütter längst unter der Erde, wahrscheinlich von Geburten und Fehlgeburten erschöpft, gestorben. Die Väter sind meist noch störend aktiv, obgleich sie alle zu alt sind. Lear, Shylock, Prospero, Polonius, der alte Moor, der alte Sampson, etc. Auch die Goldoni – oder Molièreschen Väter. In der Oper dasselbe: Pogner, Daland, der Herzog im Tannhäuser, Fanninal, Arabellas Vater. Selbst halb erloschen, versuchen sie, das Glück ihrer meist noch kindlichen und oft kindischen Töchter zu zerstören.

1982-1984

VERZWEIFLUNG ist heute die einzige würdige Grundhaltung, alles andere ist frivol, törichte Verdrängung, der Situation unangemessen, Schopenhauer nennt es »ruchlos«. Natürlich ist nicht jedermanns Verzweiflung von derselben objektivierenden Weitsicht. Heinrich Böll sprach einmal von »soviel billiger Verzweiflung«. Das war noch religiös gedacht, später hätte er das nicht mehr gesagt.

Die Frage ist: geht die Zeit wirklich nur bis zwölf? Und was geschieht zwischen eurem und meinem zwölf? Wenn *ich* zwölf sage, meine ich, die Zerstörung der Erde hat begonnen, die Katastrophe nimmt ihren unabänderlichen Lauf. Euer zwölf dagegen ist ein Kinderschreck, ein Märchentermin, Geisterstunde – daher bleibt ihr bei eurer frivolen Drohung, dem »fünf vor zwölf«. Dem Zwölfuhrschlag beugt ihr andauernd vor, eine Wirklichkeit, die nicht eintrifft, weil sie nicht eintreffen darf. Bei mir ist es vier, und wenn es wieder zwölf schlägt, hat der Mensch die Erde verlassen, den Schlag hört er nicht mehr.

Die Frage zu klären versuchen, warum durchgehende motorische Rhythmen, vor allem ostinati, eine besonders tonische Wirkung auf mich haben. Ist es tatsächlich dieselbe Art von Befriedigung, die andere beim Anhören von Märschen empfinden, nur ein wenig sublimiert?

Wie entwürdigt man den Tod am besten? Indem man den Willen hinterläßt, im Sarg auf den Bauch gelegt zu werden.

Depressionsfördernd: Sparpackungen, Reklame für Pampers-Windeln und sonstiges Fernsehen, das ja auch sonst meist Windelreklame ist. Ferner: farbige Bettwäsche, dunkle Handtücher, Plastik-Zahnputzbecher, Reagans gefärbtes Haar, das natürliche der Maggy Thatcher.

Wagners Gestalten sind alle beinah noch spießiger, als er selbst es war. Kaum eine von ihnen hat Geist, Größe oder Würde, keiner ist ein

Mensch zum Greifen. Am ehesten ist es noch Hans Sachs oder die arme mißbrauchte Brünhilde. Keine von Wagners Gestalten hat das Zeug zum Archetypen. Das einzig Menschliche an ihnen ist ihre Niedertracht, ihre – manchmal freilich entwaffnende – Schurkerei. Selbst die Helden sind Lumpen. Außerdem sind die meisten auf penetrante Weise Analphabeten.

Zwei Seelen wohnen, ach, in meiner Brust
Wo Zweilen seen, bruch, in meinem Ast
Bru Aalen zweinen, wech, in meinem Sost
So bruulen ahnen, woch, in meinem Zweist
etc.

Ottilie, dieser scheinheilige kleine Racker. Tagebuchschreiben kann sie wie Goethe, sonst ist sie ein ubiquitäres amoralisches Unwesen. Widerlich, wie sie ihrem Eduard petzt, daß sich Charlotte und der Hauptmann über sein Flötenspiel lustig gemacht haben. Übrigens glaube ich das auch nicht. Ein solches Gespräch zwischen ihnen ist undenkbar. Das hat sich Ottilie aus den Fingern gesogen.

Der Haß auf die Banalität ist allmählich ein solcher Gemeinplatz geworden wie die Verachtung von Gartenzwergen, und der Haß auf den Literaturbetrieb beinah so banal wie der Literaturbetrieb. Die größte Banalität ist es vielleicht, sich selbst als Außenstehenden zu betrachten, während die wirklich Außenstehenden den Betrieb gar nicht wahrnehmen. Ich nehme ihn wahr, betrachte mich aber als Außenstehenden, bin also banal. Das ist zwar ärgerlich, aber irgendwo holt einen eben die bittere Wahrheit ein.

Montaigne ohne Nierensteine wäre nicht Montaigne gewesen. Marbot ohne Inzest wäre nicht Marbot gewesen.

Mit Kurzwaren sollte man sich rechtzeitig eindecken, denn, wie du weißt, gibt es schon Länder, vor allem natürlich im Osten, in denen die Leute Schlange stehen, um nur eine einzige Kurzware zu ergattern. Kurzwaren sollten übrigens formschön und pflegeleicht sein, auch waschbar natürlich und kochfest, vor allem aber unverwüstlich, daher vererbbar.

Collage: spätestens beim dritten oder vierten aufzuklebenden Stück Papier kommt der Kompositionsfehler, die Abweichung vom Weg zum projektierten Thema des Bildes. Die restliche Arbeit besteht dann nur noch aus der kompositionsfördernden Korrektur dieses Fehlers. Entsteht im Prozeß dieser Korrektur ein neuer Fehler, so ist das Bild endgültig verdorben.

Die Wände sind leer. Zunächst versuchte ich, den Teufel darauf zu malen, aber das scheiterte an meiner mangelnden Vorstellungskraft. Dann versuchte ich, mein Problem darzustellen, aber irgendwie entzieht es sich der bildlichen Wiedergabe, schon seine Umrisse sind verschwommen, es hält auch nicht still, es ist zapplig, entweicht, es ist ein Widerspenst. Ich wollte es lösen, aber gänzlich ohne Problem, das hieße der Willkür Tor und Tür zu öffnen.

Eiweiß, wüstenrot, ultraviolett, peacegreen, kohlpechrabenschwarz. Der Kohlpechrabe, nicht zu verwechseln mit dem Kolkraben, im Wintergefieder ähneln sie einander, balzen dagegen tut jeder auf seine Art.

Deutsche Sprachmalaise, die Objekt-Subjekt-Verwechslung: Ich habe endlich das Schlachtroß geschlachtet, Grane lacht mich als Braten an. Aber worauf reite ich jetzt in die Schlacht?
Die Linsen saßen über ihn zu Gericht.
Lasse ich mich gegen Leben oder gegen Feuer versichern, oder soll ich meine Hagelkörner versichern lassen?
Ich bin zu einem Leichenschmaus eingeladen, komme aber zu spät, die besten Stücke sind verspeist.

Foto vom Papst mit Bischof Marcincus. Ein sauberes Paar, die beiden. Herr Woytila und sein Knecht Marci. – Was tut Gott eigentlich dagegen?

Wer ein Säugetier totschlägt, ist auch fähig, einen Menschen totzuschlagen, ist daher ein potentieller Mörder.

Beinah alle Intellektuellen verhalten sich so, als gäbe es keine Tiere auf der Welt. Vielleicht hält sich dieser oder jener einen Hund, aber das hat mit Tierliebe nichts zu tun. Für mich ist sie eine Dimension meiner Existenz. Ich kann mir ein Leben ohne Tiere nicht vorstellen, es wäre eine katastrophale Verarmung, nicht zuletzt der Gefühlsumwelt.

Rinnsal, Scheusal, Labsal, Trübsal, von jedem etwas. Ich blase Trübsal, – ich stelle mir da ein blockflötenartiges Instrument vor oder auch etwas mit dem tönernen Timbre einer Okarina, lugubrious, (unübersetzbar).

VERDRÄNGUNG ist eine ausfüllende Beschäftigung geworden, ein Beruf, den vor allem Schriftsteller ergreifen, oder er ergreift sie. Verdrängung bekommt nachgerade klinische Ausmaße, manchmal wird sie zur Halluzination, der Vortäuschung von Intaktheit, Verdränger sehen vor lauter Wald die Bäume nicht, – dennoch: gänzlich ohne Verdrängung leben ist nicht mehr möglich; aber sie sollte sich nicht weit vom Bewußtsein entfernen und zu zügeln sein, man sollte sich an ihr nicht berauschen können.

Eingetragener Verein zur Förderung des Krebses und anderer tödlicher Krustazeen. –
Das tückischste Nahrungsmittel ist Joghurt. Bei Überdosierung oder anderem unbedachten Gebrauch wird man unerträglich alt. In einem kaukasischen Dorf stießen Überlebensmittelforscher auf einen Mann, der sein Leben lang nichts als Joghurt gegessen hatte. Er war hundertundeinundvierzig Jahre alt. Selbst die ältesten Dorfbewohner, alles Joghurtesser, konnten sich nicht erinnern, zu Lebzeiten einem so alten Mann begegnet zu sein.

GREENPEACE, ein sanftes, beinah seidenes Wort, auch sprachlich eine gute Invention. »Wir kämpfen für eine Welt, in der wir leben können.« Eine solche Welt wird zwar niemals mehr entstehen. Greenpeace wird eine verschwindende Minderheit bleiben. Die Mehrheit ist darauf aus, die Welt zu vernichten. Die Größe von Greenpeace liegt daher nicht zuletzt in seiner Vergeblichkeit, der Bereitschaft, mit ihrem Recht unterzugehen. Die Demonstration, letztlich nicht über die Umweltverbrechen siegen zu können, gibt GREENPEACE eine eigene Würde, die Würde des Scheiternden.

Serubabel zeugte Abiud
Abiud zeugte Eliakim
Eliakim zeugte Boas von der Sulamith
Boas zeugte Obed von der Ruth
Obed zeugte Perez von der Thamar
Perez zeugte Walter von der Vogelweide
Walter zeugte Achim von Arnim
Achim zeugte Horst-Dieter von der Wiebke
Wiebke zeugte Frauke von der Heike etc.

B. S. sagt, er verspüre beinah immer ein unangenehmes Jucken und frage sich, ob es sich um Psoriasis vulgaris oder um Pruritus senilis handle. Die Wahl zwischen Vulgarität und Senilität falle ihm nicht leicht.

Heinrich Böll in den »Aufzeichnungen eines Clowns«: »Atheisten mag ich nicht, weil sie immer von Gott sprechen.« Das klingt äußerst übelgelaunt, trifft natürlich auch nicht völlig zu, aber ich weiß, was er meint: die Dimension, die als Kontrapunkt bei jedem prinzipiellen Gespräch anklingt, je nach dem Sprechenden leugnend, ablehnend, zweifelnd, annehmend oder Ihm hingegeben. Sozusagen: existent oder nicht, als ewiges Thema nicht von der Hand zu weisen.

Heinrich Böll ist bereit, jeden Kitsch zu verteidigen, er haßt den Geschmack, vor allem natürlich den Geschmack in der Kirche, Ästhetik hat nichts mit Glauben zu tun. Er wäre bereit, Marzipanmadonnen oder Jesu Herz aus Seife zu verteidigen. Auch darin weiß ich, was er meint, denn mir sind auch alle Priester und Religiosi fatal, die ihre Weltweite demonstrieren, indem sie eine Kirche von Chagall ausmalen lassen. Er liebt Irland, er findet Dublin die schönste Stadt der Welt, weil er diese gottergebenen Säufer mag, in ihrer resignierenden Unschuld. Auch da hat er recht.

»Ein Schuß durchpeitschte die Nacht.«
Welch trefflicher Ton! Wie klar, genau und geistvoll doch manche Topoi sind.
»Ein Lächeln umspielte ihre Lippen.«
Wie schön, dieses Umspielen! Der das geprägt hat, durfte stolz sein.

»Nachvollziehen« – ein Königreich für Ersatz!

»Die Wahrheit ist dem Menschen zumutbar« hat Inge Bachmann gesagt. Objektiv zumutbar gewiß. Wenn er sie nicht wissen will, so bestimmt nicht deshalb, weil sie ihm nicht zumutbar wäre.

Heinrich Bölls Kunstfeindlichkeit und dabei sein eigentümliches Können – Die Szene im erzbischöflichen Ordinariat in (glaube ich) »Und sagte kein einziges Wort«.
Hast du da eigentlich mal gearbeitet, du weißt so gut Bescheid –
Nein, aber man wäre ja kein Künstler, wenn man sich diese Szenen nicht genau vorstellen könnte.
Oder sagte er damals nicht »Künstler« sondern »Dichter« oder nur »Schriftsteller«. Fragen?

Das Falschzitieren entlarvt den Rezensenten weitaus mehr, als die Axt im Haus den Zimmermann erspart.

Leute, die eine Frage mit JAIN beantworten, die sagen DA BIN ICH ÜBERFRAGT oder DA MUSS ICH LEIDER PASSEN oder die HEISS UND INNIG lieben, betrachte ich mit gewissen Vorbehalten und verlange von ihnen zusätzliche Qualitäten, mit denen sie diese Entgleisungen wettmachen.

»In der Dummheit ist eine Zuversicht, worüber man rasend werden könnte.« (Heinrich Friedrich Jakobi 1743-1818) Das kann man wohl sagen!

FITNESS ist das erste Symptom einer gefährlichen Seuche, weshalb man denn auch bei den ersten Anzeichen den Arzt aufsuchen sollte.

Gegen stumpfe Traumen hilft Dolomenthoneurin. Das Gel auf das Trauma auftragen und einreiben. Spitze Traumen dagegen sind immer noch Fälle für die Psychiatrie.

Die Bücher von Wolfgang Hildesheimer
im Suhrkamp Verlag

Lieblose Legenden
Bibliothek Suhrkamp 84. 1962

Vergebliche Aufzeichnungen / Nachtstück
Mit sieben Illustrationen des Verfassers. 1962
edition suhrkamp 23. (1963)

Herrn Walsers Raben / Unter der Erde
Zwei Hörspiele
edition suhrkamp 77. 1964

Tynset. Roman. 1965
Bibliothek Suhrkamp 365. 1973

Das Opfer Helena / Monolog
Zwei Hörspiele
edition suhrkamp 118. 1965

Wer war Mozart? Becketts »Spiel«.
Über das absurde Theater. Drei Aufsätze
edition suhrkamp 190. 1966

Interpretationen. James Joyce. Georg Büchner.
Zwei Frankfurter Vorlesungen
edition suhrkamp 297. 1969

Mary Stuart. Eine historische Szene. 1971

Zeiten in Cornwall
Mit 6 Zeichnungen des Autors
Bibliothek Suhrkamp 281. 1971

Masante. Roman. 1973
Bibliothek Suhrkamp 465. 1975

Hauskauf. Hörspiel
Bibliothek Suhrkamp 417. 1974

Paradies der falschen Vögel. Roman
suhrkamp taschenbuch 295. 1975

Theaterstücke. Über das absurde Theater
suhrkamp taschenbuch 362. 1976

Hörspiele
suhrkamp taschenbuch 363. 1976

Biosphärenklänge. Ein Hörspiel
Bibliothek Suhrkamp 533. 1977

Mozart. 1977
suhrkamp taschenbuch 598. 1980

Exerzitien mit Papst Johannes.
Vergebliche Aufzeichnungen
Bibliothek Suhrkamp 647. 1979

Marbot. Eine Biographie.
suhrkamp taschenbuch 1009. 1984

Mitteilungen an Max über den Stand der Dinge und anderes. Mit einem Glossarium und sechs Tuschezeichnungen des Autors. 1983
suhrkamp taschenbuch 1276. 1986

Das Ende der Fiktionen. Gesammelte Reden. 1984

The Jewishness of Mr. Bloom.
Das Jüdische an Mr. Bloom
edition suhrkamp 1292. 1984

Endlich allein. Collagen. 1984

In Erwartung der Nacht. Collagen. 1986

Über Wolfgang Hildesheimer
Herausgegeben von Dierck Rodewald
edition suhrkamp 488. 1971